# LA
# VIEILLE NOBLESSE

ET

# LA ROTURE,

SUIVI D'UN

# AVIS AUX ÉLECTEURS;

Par M. TRIGANT-GAUTIER,

NOTAIRE ET ÉLECTEUR A LAROCHE-CHALAIS, ARRONDISSEMENT
DE RIBERAC (DORDOGNE).

La vérité! dût-il en résulter du scandale.
Saint-Grégoire.

A BORDEAUX,

DE L'IMPRIMERIE DE LAWALLE JEUNE ET NEVEU,
ALLÉES DE TOURNY, N°. 20.

1820.

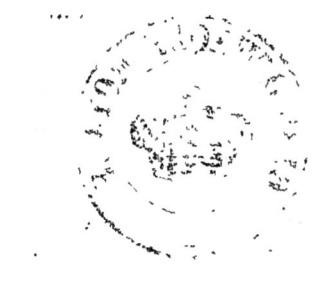

# LA VIEILLE NOBLESSE

## ET

# LA ROTURE.

La Noblesse qui, en général, ne sait point encore marcher avec les lumières du siècle, voudrait, comme dans les temps d'ignorance et de servitude, tout envahir, tout commander, sans s'inquiéter des qualités nécessaires au commandement, parce qu'il est plus commode d'occuper les places et les emplois que de les mériter; aussi, en remontant jusqu'à la première origine de bien des familles illustres par leur ancienneté, on voit que cette illustration, qui n'a d'autre fondement que la faveur d'un Ministre, celle d'une courtisanne, ou quelquefois l'achat d'un morceau de parchemin, s'est augmentée, sans que ceux qui y avaient tant d'intérêt y prissent plus de part qu'à la gloire du Grand Mogol et aux victoires du Roi de Pégu.

Pierre-Le-Grand, empereur de Russie, à l'âge de dix ans; tambour, à celui de quatorze, dans un de ses régimens, ne vivant que de sa paye,

couchant sous une tente à la suite de sa compa-
gnie, ne voulant être avancé que selon qu'il le
mériterait, apprenait, par ce bel exemple, à la
noblesse de ses états, que c'est le mérite et non
la naissance qui est un titre pour obtenir les
dignités et les emplois.

Quand je condamne si hautement les prétentions de la noblesse, je ne prétends pas soutenir
qu'elle doive être méprisée : je sais que dans les
états bien policés, et particulièrement dans les
monarchies, il faut qu'il y ait des rangs diffé-
rens : je rends hommage avec empressement aux
vertus et aux talens dans quelque classe qu'ils
se trouvent. Je sais que la noblesse compte des
hommes de la plus haute distinction, par le
patriotisme, la vertu, le génie, la vaillance et
l'honneur. Je voudrais seulement ( quelle que
fût la source de son origine ) qu'on ne la consi-
dérât qu'autant qu'elle serait ornée de brillantes
qualités ; je souhaiterais qu'elle eût les mêmes
avantages que le mérite lorsqu'il l'accompagne-
rait, et qu'elle ne pût rien obtenir lorsqu'elle
serait seule.

Il serait à désirer que les nobles ne comptas-
sent pas si fort sur leur naissance, qu'ils ne crus-
sent pas qu'elle doive leur tenir lieu de tout ;
c'est bien peu connaître son origine, que de se
figurer qu'elle doit suppléer au véritable mérite ;

elle est faite pour l'orner et le récompenser, et non pour en donner : dix siècles de noblesse ne sauraient faire, je ne dis pas un honnête homme, mais même un homme aimable. Malgré ces principes incontestables, elle a porté si loin le ridicule et la vanité sur l'ancienneté des races nobles, qu'on voit dans un couvent, près de Louvain, un arbre généalogique d'une maison Brabançonne, par lequel il est prouvé clairement, et par une filiation très-suivie, que le chef de cette maison descend d'Adam en droite ligne. En vérité, on doit être édifié de voir que ce seigneur fût assez modeste pour ne point adopter l'opinion des Préadamistes, et que, par respect pour la Genèse, il ait voulu se borner à une noblesse aussi moderne.

C'est avec l'appui de pareils titres que la noblesse a toujours compté les roturiers pour rien, même ceux dont le Monarque récompensait, par des dignités et des emplois, le mérite et la fidélité (1). Cependant, ce n'est pas seulement de-

---

(1) Fléchier, célèbre évêque de Nîmes, était fils d'un fabricant de chandelle : un *sot de qualité*, trouvait fort étrange qu'on eût tiré Fléchier de la boutique de ses parens, pour le placer sur le siège épiscopal, et il eut l'ineptie de laisser voir sa surprise. *Avec cette manière de penser,* lui dit l'homme illustre qu'il voulait humilier, *je crains que si vous étiez ce que je fus vous n'eussiez fait des chandelles.*

puis la révolution que notre France a vu 'des,
hommes employer leur courage et leurs talens
à se fonder une vie libre pour eux-mêmes et
inoffensive pour autrui; ce sont ces cerfs échap-
pés à la Glèbe, qui, sous l'épée d'un vainqueur
barbare, relevèrent, il y a six cents ans, les
murs et la civilisation des antiques cités gau-
loises : nous qui sommes leurs descendans, nous
qui avons hérité de leur roture, croyons qu'ils
ont valu quelque chose, et que si l'histoire,
écrite sous la dictée du despotisme, ne célébra
pas leurs actions, c'est qu'elle ne les comprenait

---

C'est cet excellent homme qui fit sortir une infortunée
religeuse (que ses parens avaient forcée de prendre le voile)
du réduit affreux où sa supérieure l'avait faite jeter, pour
avoir succombé aux faiblesses de l'amour. Le Prélat, jetant
un regard d'indignation sur la supérieure : *Je devrais*, lui
dit-il, *si je n'écoutais que la justice humaine*, vous faire
mettre à la place de cette *victime de votre barbarie*, *mais
le Dieu de clémence dont je suis le ministre, m'ordonne
d'user envers vous de l'indulgence que vous n'avez pas eue
pour elle et dont il usa à l'égard de la femme adultère.*
M. Chénier a profité de ce trait pour en faire le fond de son
drame, intitulé *Fénélon*. Cet ouvrage, d'une poésie douce
et agréable, a plû à tous les cœurs sensibles; mais on n'a
pas vu avec plaisir une belle action de Fléchier parer la vie
de l'archevêque de Cambrai. Laissons à chacun ses vertus,
et l'auteur de Télémaque en avait assez pour qu'on lui en
fît honneur. *Dict. historique.*

pas; quoi qu'il en soit, ils sont les pères de l'indépendance, tout ce qu'il y a eu jamais sur ce
sol de bon, d'utile et d'ingénieux, fut leur ouvrage. Quand les nobles affectaient de mépriser
la roture (1), ils empruntaient d'elle toute leur
pompe, toute leur force, c'était la main du roturier qui élevait le cheval de guerre du gentil-
homme, c'était l'art du roturier qui joignait les
lames d'acier de son armure, c'était le talent
du roturier qui versifiait ces écrits spirituels et
galans qui portaient la joie dans les fêtes du
château; la langue que nous parlons est celle de
la roture, elle l'a créée seule, pendant que la

---

(1) Il n'y a pas long-temps qu'elle faisait encore parade
de ce mépris; c'était en 1815 et 1816, de *terroriste mémoire,*
que, dans les banquets séditieux, elle portait des coups
funestes à la restauration, qu'elle faisait reculer de douleur,
d'indignation et d'effroi; c'est cette noblesse *maladroite et
trop pressée,* qui osa y chanter l'insolente chanson féodale :

    &laquo; Si jamais vous venez chez moi,
    &raquo; Pour boire à la santé du Roi,
    &raquo; Vous rincerez nos verres
    &raquo; Comme faisaient vos pères, etc., etc., etc. &raquo;

Mais, ô honte de l'espèce humaine ! de *lâches ou imbé-
ciles Plébéiens* faisaient *chorus,* ils chantaient leur avilisse-
ment, ils applaudissaient aux injures que leur prodiguaient
en face ces superbes Patriciens dont ils se constituaient les
bons valets.

cour et les donjons retentissaient du plus aigre
de tous les patois germaniques (1), nous lui de-
vons notre littérature , nos arts de la main et
de l'esprit, et les progrès de l'agriculture , surtout depuis la révolution (2). Enfin , toutes les

---

(1) Qui ne sait pas, par tradition, que dans ces temps-là
les nobles se faisaient un mérite de ne savoir ni lire, ni
écrire, et que c'était parmi eux un honneur intégrant à la
qualité.

(2) Un peu avant la révolution , lorsque le mouvement
général n'était pas encore donné aux intérêts ruraux , lorsque *la grande propriété* était à peu près la seule propriété,
tout languissait ; mais lorsque le génie de la roture eut
porté des regards plus attentifs sur la culture, on commença à entrevoir que notre belle France était un riche
domaine mal exploité ; alors les cours d'agriculture , les
sociétés d'agriculture, les instrumens d'agriculture, pullu-
lèrent de toutes parts ; ces théories, ces travaux, ces essais,
étaient imparfaits sans doute , mais ils mettaient sur la
route de mieux faire. Les seigneurs qui commençaient à
quitter les broderies pour le modeste frac, ne dédaignèrent
plus le savoir de leurs fermiers , devenus, par leurs talens
et leur industrie, en état de leur prêter de l'argent. Un
bourdonnement d'élaboration pareil à celui d'une ruche se
faisait entendre dans toutes les provinces.

Mais bientôt l'aliénation des biens du clergé, l'abolition
de la dîme et des droits féodaux ( quelque opinion morale
et politique que les passions et les partis se forment de ces
opérations ), vinrent élargir et multiplier les canaux de
l'agriculture ; et s'il est vrai, selon l'expression de l'habile

découvertes qui ont agrandi les domaines des sciences, du commerce et de l'industrie.

Cristophe-Colomb, ce hardi navigateur, était-il Patricien ? Non ! non ! c'était un vilain, le

---

commentateur de Montesquieu, que la terre ne soit qu'un outil, jamais prophétie ne fut plus fausse que celle de l'abbé Maury, qui, tonnant à la tribune contre la vente des priorés et des abbayes, pronostiquait pour les campagnes la ruine et la désolation, dès qu'une foule de mandians ne pourraient plus recevoir aux portes des couvens et des prébendes leur ration hebdomadaire. L'expérience au contraire a prouvé que les plus riches villages de France sont aujourd'hui ceux où sont éparpillés par petits lots tous ces vastes domaines, que la population et la culture y ont triplé par une progression rapide, et qu'aujourd'hui des familles florissantes y donnent au travail mille fois plus de bénédictions qu'à la charité.

Je terminerai cette note par une anecdote relative à la dîme, rapportée par Bernardin de Saint-Pierre, dans ses Études de la Nature.

Un champ de blé avait été métamorphosé en prairie ; le curé, fâché de perdre une partie de son revenu sans pouvoir s'en plaindre, dit au maître du champ, en forme de conseil :

« Maître Pierre, il me semble que si vous fumiez bien » ce terrain-là, que vous le labouriez bien, et que vous y » semiez du blé, vous pourriez y faire encore de bonnes » moissons ». Le laboureur rusé, qui pressentit l'intention de son décimateur, lui répondit : « Vous avez raison, M. le » Curé, si vous voulez faire à ce champ toutes les façons » que vous dites là, je ne vous demande que la dîme ».

fils d'un pauvre cardeur de laine des environs de
Gènes, qui, en examinant une carte géographique,
découvrit l'existence d'un nouvel hémisphère ;
c'est ce vilain dont le génie audacieux a changé
les mœurs et les habitudes des deux mondes.
Ouvrez les biographies anciennes , modernes et
contemporaines , vous y verrez que presque tous
les grands hommes furent et sont roturiers ; on
n'en compte il est vrai que très-peu dans l'art
de la guerre , parce que les portes du temple de
la gloire militaire leur étaient fermées par la
noblesse ; mais lorsque la révolution leur donna
le moyen de les ouvrir , ils s'élevèrent bien au-
dessus de leurs anciens maîtres ; ce sont eux qui
ont remporté ces brillantes et innombrables
victoires qui étonnent les contemporains, et que
la postérité ne voudra pas croire ; ce sont eux
qui, comme Duguay-Trouin, *ordonnèrent à la
gloire de les suivre* (1).

---

(1) Un jour que Duguay-Trouin faisait au Monarque le
récit d'un combat, où il commandait un vaisseau nommé.
*la Gloire*, il dit : *J'ordonnai à la Gloire de me suivre*. Et
elle vous fut fidèle, interrompit le Roi. Ce marin, le plus
illustre que la France ait produit, était le fils d'un armateur
de Saint-Malo ; il embrassa le parti de la mer à l'âge de 15
ans ; à 18, il commanda pour sa maison un bâtiment armé
de 14 canons ; à 21, une frégate de l'état ; il prit aux An-
glais , pendant les guerres de ces temps-là , plus de 300.

Par les efforts de leur génie, ils se débarras-
sèrent à propos des règles de l'école, ils surent
dans l'occasion les mettre de côté et y substituer
un coup d'œil, une inspiration ; tandis que
l'archiduc Charles passait six mois devant le fort
de Khell et y perdait la moitié de son armée, les
vaillans Français franchissaient les Alpes et en-
vahissaient l'Italie, sans perdre leur temps devant une ville ou un fort; aussi, les armées en-
nemies pour lesquelles cette manière de com-
battre était si nouvelle, ne savaient-elles plus
que faire de leur routine, et ne concevaient pas
qu'on pût les tailler en pièces autrement que
dans les formes ; aussi, qu'est devenue, sous
nos invincibles guerriers, la tactique tant vantée
du grand Frédéric, qui fut si funeste à la noblesse française? Généraux Plébéiens, où étiez-
vous à la bataille de *Rosbac ?* Le gain de celle
d'Iéna vous a couverts de gloire; elle entraîna
l'envahissement de la Prusse et de sa capitale,

---

bâtimens marchands et 20 vaisseaux de ligne : sa générosité
égalait ses talens et son courage. La Cour lui ayant accordé
une nouvelle pension de 2,000 livres, il écrivit au Ministre
pour le prier de faire retomber sa première pension de
1,000 livres, dont il se désaisissait, sur Saint-Auban, son
capitaine en second, qui avait eu une cuisse emportée. *Je
suis trop recompensé*, ajoutait-il, *si j'obtiens l'avancement
de mes officiers.*

dans moins de quinze jours. Ce sont donc encore les roturiers français qui sont les maîtres dans l'art de la guerre, et qui ont changé la tactique européenne ! C'est des rangs de ces braves qu'est sortie l'élite de notre jeune noblesse, vieille d'honneur et de gloire, que l'ancienne ose dédaigner ; ne pourrait-elle pas répliquer à ce dédain, par la réponse que fit Arouet, lorsqu'il prit le nom *de Voltaire*, au chevalier de *Rosni*, peu estimé, qui le plaisantait sur ce changement de nom : *La différence qu'il y a de vous à moi*, dit le Poëte, *c'est que je suis le premier de mon nom, et vous le dernier du vôtre*.

Ce n'est pas seulement sur les champs de bataille que la roture s'est illustrée depuis la révolution, c'est aussi dans le Gouvernement, c'est dans l'administration, c'est dans la magistrature, c'est partout ! « La roture, a dit un » publiciste célèbre, échappé du chaos révo- » lutionnaire, est devenue la nation ; cette na- » tion au milieu de laquelle des noms histori- » ques méritent un juste hommage et une place » distinguée, mais qui se compose surtout de » propriétaires, de cultivateurs, de négocians, » de gens de loi, de capitalistes, et enfin de » toutes les professions qui concourent à la vie so- » ciale. Ce que l'on appelle progrès de la civili- » sation, n'est autre chose que l'agrandissement

» de la roture, c'est-à-dire, la communication
» plus étendue des richesses et des lumières.
» Ce Gouvernement représentatif, que l'on re-
» garde comme le plus heureux produit de la
» civilisation, n'est autre chose que le concours
» de la roture à l'exercice du pouvoir. Enfin,
» le plus grand ressort du Gouvernement re-
» présentatif, l'opinion, n'est autre chose que
» la voix commune du plus grand nombre
» d'hommes éclairés et actifs dans la vie sociale ;
» et c'est encore la roture qui, depuis trente
» ans, a montré surtout de l'industrie, du ta-
» lent ; c'est elle qui a rempli presque tous les
» emplois, excepté quelques places de chambel-
» lans ; c'est en elle que réside la force et les
» lumières de la nation, et j'ajouterai qu'on y
» trouve un royalisme d'autant plus sincère,
» qu'il ne pouvait être calculé dans les proba-
» bilités d'intérêt personnel. La classe moyenne,
» voilà le principal appui du trône ; c'est là que
» l'amour du Roi ne peut se mêler à des pré-
» tentions outrées, à une envie indiscrète de
» diriger l'autorité royale comme un patrimoine
» sur lequel on a droit, parce qu'on est zélé
» pour le défendre. Là se trouvent nécessaire-
» ment de sincères interprètes et de fidèles amis
» de la Charte ; car c'est là que se trouvent des
» hommes qui gagnent à la Charte, qui en re-

» çoivent l'égalité politique, et qui sont rassurés
» par elle contre le retour de ces prétentions,
» que la calomnie et le faux zèle considéraient
» comme attachés au triomphe de l'ancienne
» monarchie ».

Enfin, pour achever le tableau, l'histoire dé-
pose que la roture fut constamment fidèle à ses
princes, et que la noblesse ne le fut pas toujours.
Voyez l'armée en 1815, au premier signal de
son Roi, mettre bas les armes et déposer ses
drapeaux, *criblés d'honneur et de gloire, même
dans la défaite,* retournant paisiblement et sans
désordre dans ses foyers. En était-il ainsi, sous
l'ancienne monarchie ? La déposition de plusieurs de nos Rois ( pour ne rien dire de plus ),
le cilice à la place du manteau royal et de l'épée,
la tonsure substituée au diadème, les guerres
civiles qui en étaient la suite, et les mers de sang
qui inondèrent la terre des Francs, avant le
cardinal de Richelieu, furent-ils l'ouvrage de la
roture ?

~~~~~~~~~~~~~~~~~~~~~~~~~~~~~~~~~~~~~~~~~~~~~~~~~~~~~~~~~~~~

# AVIS

## AUX ÉLECTEURS.

———

Que les législateurs qui sortiront de l'urne électorale soient amis du Roi et de la Charte! amis de l'indépendance, de cette fille du ciel, qui retourne vers son auteur lorsque les tyrans veulent l'asservir sur la terre, que les nations ne recouvrent jamais après l'avoir perdue, ou du moins les siècles s'écoulent, avant qu'elles puissent briser les fers du despotisme : les terres classiques de la liberté, Sparte et Athènes, retrouveront-elles un jour ce qu'elles ont perdu depuis deux mille ans? Alexandre commença leur esclavage, les empereurs romains le rendirent plus difficile à secouer; il devint plus avilissant dans le Bas-Empire, et sous le règne des pachas, il a paru atteindre le dernier degré de l'opprobre et de la dégradation. Quelle leçon pour les peuples qui peuvent marcher à la tête de la civilisation! Qu'elle ne soit pas perdue pour nous; augmentons de sagesse et de raison

pour conserver cette loi fondamentale acquise
par trente ans de malheurs, qui nous garantit
une sage liberté. Le Français n'a plus la faculté
d'exister ailleurs que dans une atmosphère cons-
titutionnelle; ses poumons ne sauraient battre à
l'aise que là : il faut qu'ils en soient saturés ;
qu'on lui demande de la soumission aux lois,
de l'amour pour ses princes , du respect pour
ses magistrats, de l'or pour les dépenses publi-
ques , on obtiendra tout ; mais si on le tire de
cet air dans lequel il est acclimaté , il expire, ou
on l'expose à des mouvemens convulsifs !

Des législateurs, amis du Roi et de la Charte,
sauront se préserver de toutes les séductions ;
ils repousseront les emplois et les dignités , s'il
faut les acquérir ou les conserver au dépend du
bien public. Ils savent qu'il est plus honorable
de manger chez soi le morceau de bœuf de la
veille, que de s'asseoir à la table des grands.

Des législateurs, amis du Roi et de la Charte,
voteront pour que la discussion des budjets soit
le premier devoir à remplir par nos Chambres
législatives, et qu'elle ne soit plus renvoyée à la
fin des sessions, où la lassitude ne permet plus
aux représentans de la nation de s'en occuper
avec fruit, et où les ressorts de la malveillance
et de l'intrigue sont plus élastiques pour faire
passer à l'improviste des lois de finances qui dé-
cident du salut ou de la perte des empires.

Ils voteront pour que les perceptions provi-
soires et les émargemens, si funestes aux contri-
buables, par les désordres et les abus qu'ils
traînent à leur suite, soient détruits sans retour.

Des législateurs, amis du Roi et de la Charte,
voteront pour les institutions qui nous man-
quent afin de consolider notre pacte social, qui
alors dégagé des lois d'exception qui paralisent
ses membres, marchera d'un pas ferme et hardi
vers les hautes destinées qu'il promet à la France.
Alors il sera entièrement digne du Monarque
libéral et bienfaisant qui dans son amour le
donna à son peuple.

Des législateurs, amis du Roi et de la Charte,
voteront pour que l'économie, les réformes utiles, le retranchement du superflu et le grand
art de combiner les besoins du Gouvernement
avec les facultés des gouvernés, soient à l'ordre
de tous les jours dans la Chambre des députés,
et qu'ils soient les dispensateurs des pensions et
de toutes les dépenses de l'état, afin de réduire
à de justes bornes ce milliard (1) d'impôts qui

---

(1) Un milliard !....... Peu de personnes se doutent de
l'élévation de ce nombre et du temps qu'il faudrait pour
le compter, en commençant par 1, 2, 3, 4, et ainsi de
suite, jusqu'à la fin ; sans cumuler les nombres, sachant
qu'à continuer on ne peut compter que 80 par minute,

dessèche les canaux de l'agriculture, du commerce et de l'industrie. Car, selon la belle expression d'un noble Pair, qui sut être ministre intègre et économe sévère, « c'est à de grandes » et sincères épargnes, c'est à la diminution des » impôts que les peuples s'aperçoivent du soin » que le Gouvernement a pris de leur bonheur ». Sommes-nous près de cet heureux résultat? L'examen de la multitude d'impôts qui pèsent sur la France, me donne la triste preuve du contraire. Des impôts sur tout ce qu'on met dans la bouche, sur la tête ou sous les pieds ; des impôts sur tout ce qui est agréable à voir, à entendre, à sentir, à toucher ; des impôts sur la lumière, le mouvement ; des impôts sur toutes les substances de la terre et de l'eau, des entrailles du globe ; des impôts sur tout ce qui vient du dehors et sur tout ce qui croît au milieu de nous ; des impôts sur les matières brutes ; des impôts sur toutes les valeurs nouvelles, que les

---

et en se reposant 12 heures par 24, il faudrait 47 ans, 6 mois, 23 jours, 7 heures 20 minutes ; et pour transporter un milliard en pièces de cinq francs, il faudrait cinq mille charettes, à deux mille pesant pour chacune, et dix mille bœufs pour les traîner. Enfin, il n'y a pas un milliard de minutes depuis la naissance du Christ : il faut arriver au 2 Septembre 1902, à 40 minutes du matin. Ce dernier calcul prouve en outre la brièveté de la vie.

matières premières reçoivent de l'industrie des hommes ; des impôts sur le potage qui nourrit et sur le breuvage qui rend la santé ; des impôts sur la cravate qui orne le cou du juge et sur le fer qui tranche la tête du criminel ; des impôts sur le sel du pauvre et les épices du riche, sur les clous de la bière funéraire et sur les rubans de la fiancée : au lit ou à table, debout ou couché, il faut payer, toujours payer. Le Français mourant, après avoir avalé une cuillerée d'une potion médicale qui a payé dix pour cent d'entrée, se jette sur son lit de mort, dicte son testament à un notaire imposé, qui l'écrit sur une feuille de papier timbré de la moindre dimension, qui coûte un centime et qu'il faut payer 70, et expire dans les bras d'un médecin patenté, qui achète le droit de laisser mourir le patient. Immédiatement après, tout son héritage paye une taxe d'un à sept pour cent, avec une subvention de guerre d'un décime par franc, quoique nous soyions en paix avec tout le monde depuis cinq ans ; il faut payer pour entrer dans le cimetière ; ce n'est que lorsque l'ame du défunt se réunit à celle de ses pères qu'il est exempt de toute taxe, et s'il était possible d'en faire payer en route, il trouverait des bureaux de perception sur son chemin.

Des législateurs, amis du Roi et de la Charte,

feront comprendre aux Ministres, artisans de la gloire ou de la perte des Rois, que si l'infortune d'un peuple est une maladie, comme une infirmité dans le corps humain, dont l'un et l'autre tend à se dégager, qu'il faut, pour mettre fin à ces maux qui boulversent les royaumes, que les peuples respectent leurs princes et leurs magistrats, car sans ce respect, la société est impossible ; mais qu'en retour, les chefs des nations rendent heureuses les familles, confiées par la providence à leurs soins ; car c'est l'unique moyen d'y prévenir les troubles et les désordres. Vainement alors les factions s'agiteraient, ils seraient forts contr'elles du nombre, de la masse, de la volonté et de l'amour de leurs sujets ; alors, la sève séditieuse de leurs chefs se trouvera desséchée.

*Ayez soin de mon peuple,* écrivait le bon Henri aux gouverneurs de ses provinces, *Dieu m'en a confié la garde, j'en suis responsable.*

Des législateurs, amis du Roi et de la Charte, obtiendront la liberté de la presse, ce véhicule de l'esprit humain, ce flambeau qui éclaire en même-temps les gouvernemens et les peuples, ce rempart des Rois contre les flatteries et les mensonges des courtisans. Henri IV (qu'un bon Français ne peut se lasser de citer), conquérant de son royaume par ses armes et par sa politique , gagnant le cœur des citoyens par sa bonté, triomphant de toutes les préventions que la haine et la superstition lui suscitaient , effaçant toutes les traces de la guerre civile et jetant les fondemens des institutions les plus utiles, protégeait la liberté de penser ; il disait au président Jannin , chargé d'écrire son histoire : « J'entends laisser la vérité en sa franchise , et » la liberté de la dire sans fard et sans artifice ». C'est à ce Roi citoyen, auquel de Thou, le plus véridique de tous nos historiens , adressait ces paroles : « si je trahissais la vérité , je ferais » tort au rare bonheur de votre règne, qui » donne à chacun la liberté de penser ce qu'il » veut et de dire ce qu'il pense ». C'est encore ce grand Roi qui fit cette sublime réponse à des flatteurs qui l'excitaient, dans une occasion difficile , à faire un coup d'autorité : « Messieurs » ( leur dit-il ), la première loi d'un Souverain » est de les observer toutes , et il a lui-même » deux souverains, Dieu et la loi ; c'est en agis- » sant ainsi, que je fais en France ce que je » veux, parce que je ne veux que ce que je dois ».

La franchise aimable de Henri inspirait naturellement la confiance , il ne s'enveloppait pas de cette gravité dédaigneuse , qui écarte la vérité , aussi jouissait-on sous son règne d'une grande liberté de parler, d'imprimer et d'écrire.

Ce prince ayant lu le livre de *l'Anti-Soldat*, demanda au secrétaire-d'état Villeroi, s'il avait lu cet ouvrage, et sur sa réponse négative : « Il » faut, lui dit-il, que vous le voyiez : c'est un » livre qui parle bien à ma barrette, et encore » mieux à la vôtre ».

On voulait exciter Henri à punir l'auteur d'un écrit rempli de traits hardis sur la Cour. « Je » me ferais conscience, répondit-il, de fâcher » un honnête homme pour avoir dit la vérité ».

Ainsi, sous son règne, toutes les vérités étaient bonnes à dire, et l'esprit éclairé du Monarque, combattait les idées étroites de son temps, et pourrait, à plusieurs égards, servir d'exemple aux âges suivans.

Frédéric II, pensait comme Henri, il disait à ses sujets, du haut de son trône, à son avénement à la couronne de Prusse :

« En accordant la liberté de la pensée à mon » peuple, on verra se développer au milieu de » lui des Schaftesbury, des Loke, des Voltaire. » Comment ! il lui serait permis de vivre et non » point de penser, de respirer et non point de » communiquer librement sa pensée. La nation » que je suis appelé à gouverner, doit être une » nation éclairée ; c'est là le plus ardent de mes » désirs, aucune entrave ne doit gêner ni sa » pensée ni sa parole ; une nation habituée à

» penser , sait vaincre ou mourir. L'idée que
» mon peuple pourra abuser quelquefois de la
» liberté que je lui accorde , ne m'effraie nulle-
» ment , je n'en serai que plus à l'abri des flat-
» teurs , reptiles méprisables qui assiègent les
» souverains........ J'apprendrai à pardonner :
» pardonner est un acte digne des dieux ; qui-
» conque ne sait pardonner est indigne du trône;
» la clémence est la compagne de la force (1) ;
» la superstition , l'intolérance , le despotisme ,
» sont les grands obstacles au développement
» des talens ; la liberté de la pensée élève l'ame
» et ennoblit le cœur : je veux que l'aurore de
» la philosophie luise pour mes sujets »

Si du haut des cieux on voit ce qui se passe
ici bas, que disent ces deux grands Rois d'y voir
la pensée si souvent traînée en Cour d'assises, en
police correctionnelle et en prison?

Enfin , des législateurs , amis du Roi et de la
Charte , en marchant sur les traces de ceux qui
les ont précédés , dans la noble et difficile car-
rière de la législation , seront comme eux rivaux

---

(1) Frédéric, étant à l'une des fenêtres de son palais de
Berlin , vit un concours de peuple, empressé à lire un
placard affiché non loin de là; il demanda ce que c'était;
on lui répondit, Sire, c'est un libelle séditieux et diffama-
toire contre V. M. *Qu'on le place plus bas*, répondit le
Monarque, *afin qu'il puisse étre lu plus facilement.*

des premiers orateurs de la Grèce et de Rome;
ils inspireront, par de bonnes lois, à tous les
Français la recherche du *vrai*, la pratique du
*bien*, la contemplation du *beau*, et l'obéissance
aux lois, qui sont l'expression de la volonté
suprême! Cet emploi de la vie détruira les partis
qui divisent la France, ils se fondront tous dans
celui du Roi et de la Charte : alors la vieille, la
jeune noblesse et la roture, rivalisant d'amour
pour la Patrie et le Monarque, ne feront plus
qu'un faisceau, dont la dynastie régnante sera
pour jamais le doux et indissoluble lien.

*FIN.*

www.ingramcontent.com/pod-product-compliance
Lightning Source LLC
Chambersburg PA
CBHW061624180626
46818CB00005B/2230